contraescrita

Jack London

Emil Gluck: O Pior Inimigo do Mundo

traduzido por:
philipe pharo da costa

contraescrita

Emil Gluck: O Pior Inimigo do Mundo

Jack London

Traduzido por:

Philipe Pharo da Costa

Autor: Jack London

Tradutor: Philipe Pharo da Costa

Título: Emil Gluck: O Pior Inimigo do Mundo

Título Original: The Enemy of All the World (1908)

Revisão: do Tradutor

Imagem de Capa: F. de Forrester Shook

Design de Capa e Interior: Contraatircse

Produção: Contraatircse

1ª Edição – Novembro de 2016

3ª Edição – Janeiro de 2019

Depósito Legal: 449037/18

ISBN-13: 978-989-54120-3-4

Contacto para encomendas a retalho: ContraatircsE@gmail.com

ÍNDICE

Preâmbulo   I

Um Poema   III

O Pior Inimigo   Pg 5
do Mundo

Sobre o Autor   Pg 41

PREÂMBULO

Este conto aqui traduzido para Português faz parte de uma série de contos que fizeram parte do meu imaginário adolescente, as histórias de London marcaram os meus primeiros passos na leitura literária adulta e abriram-me as portas para a ficção estrangeira, tendo-se tornado para mim uma referência sempre que se fala de literatura ocidental. Grande aventureiro, muitas vezes autobiográfico, a sua imaginação é incomparável, e em pequenas histórias surpreendentes que ficam retidas na memória com notável facilidade, o autor explora a ficção com grande astúcia literária. Jack London detinha uma incrível habilidade na construção de contos de ficção científica, alguns completamente marcantes para quem se dê ao prazer de os ler atentamente. Sendo este um dos seus melhores espécimenes literários na visão deste vosso tradutor, e como contém referência a Portugal – escrito e publicado no ano do regicídio português (fevereiro 1908) –, foi, por isso, o primeiro a ser escolhido para tradução e publicação, aqui na sua terceira edição com algumas correções relativas à anterior.

Philipe Pharo da Costa

Credo

> "I would rather be ashes than dust!
> I would rather that my spark should burn out
> in a brilliant blaze than it should be stifled by dry-rot.
> I would rather be a superb meteor, every atom
> of me in magnificent glow, than a sleepy and perma-
> nent planet.
> The function of man is to live, not to exist.
> I shall not waste my days trying to prolong them.
> I shall use my time."

Jack London

Preferia ser cinzas ao invés de pó!
Preferia que minha faísca se esgotasse em chama brilhante
a que se estagnasse em seca putrefação.
Preferia ser um soberbo meteorito
- cada átomo de mim em esplêndido brilho –
que a um sonolento planeta permanente.
A função do homem é viver, não a de existir!
Não desperdiçarei os meus dias a tentar prolongá-los,
darei uso ao meu tempo.

(Tradução: Philipe Pharo)

5

EMIL GLUCK:
O PIOR INIMIGO DO MUNDO

Foi mesmo Silas Bannerman quem finalmente conseguiu apanhar esse mago cientista e arquinimigo da humanidade, Emil Gluck. A confissão de Gluck, antes de ter ido parar à cadeira elétrica, veio explicar muito sobre a série de misteriosos acontecimentos, muitos aparentemente sem relação, que tanto haviam perturbado o mundo nos anos de 1933 a 1941. Somente quando aquele assinalável documento foi tornado público é que o mundo pôde imaginar haver alguma relação do regicídio do Rei e da Rainha de Portugal com o assassinato dos polícias de Nova Iorque. Enquanto que os feitos de Emil Gluck eram tudo o que se pudesse abominar, só podemos sentir, em determinada medida, pena pelo desafortunado, malformado, e maltratado génio. Este lado da história nunca foi contado em antes, da sua confissão e da enorme quantidade de provas, documentos e registos desse tempo, podemos construir um retrato fidedigno dele, e para discernir os fatores e as pressões que o moldaram, o monstro humano em que ele se tornou e que o levou para trás e para diante no temeroso caminho que ele trilhou.

Emil Gluck nasceu em Siracusa, Nova Iorque, em 1895. Seu pai, Josephus Gluck, havia sido polícia e guarda-noturno, no ano de 1900 morreu subitamente de pneumonia. A mãe, uma bonita e frágil criatura, que em antes do seu casamento havia sido modista, morreu de desgosto com a perda de seu marido. Esta sensibilidade da mãe era uma herança que se tinha tornado mórbida e horrível no interior do rapaz.

Em 1901, o rapaz, Emil, na época com 6 anos de idade, foi viver com a sua tia, Mrs. Ann Bartell. Ela era irmã de sua mãe, mas não havia em seu peito um sentimento de ternura para aquele sensível e enfezado rapaz. Ann Bartell era uma mulher vaidosa, superficial, frívola e despojada de coração. Além disso, foi amaldiçoada com a pobreza e com o fardo de um marido que era um verdadeiro, preguiçoso, errático indigente, que nunca passaria de um zéninguém. O jovem Emil Gluck não era querido no seio do casal, Ann Bartell fazia questão de lhe demonstrar esse facto sempre que tinha oportunidade. Para ilustrar o tratamento que lhe era reservado nesse precoce período de formação da personalidade, o seguinte acontecimento se deu.

Vivia ele na casa de Ann Bartell há pouco mais de um ano, quando partiu uma perna. Aleijou-se a brincar nos perigosos telhados – como o fizeram de resto todos os rapazes e hão-de continuar a fazê-lo até ao fim do tempo. A perna tinha-se partido em dois sítios contando com o joelho e o fémur. Emil, ajudado pelos seus colegas de brincadeira completamente assustados, lá conseguiu arrastar-se até ao passeio defronte, onde veio a desmaiar. As crianças da vizinhança estavam receosas da fera medonha que presidia à casa Bartell; mas, conferenciando a sua resolução, eles tocaram à campainha de casa e contaram a Ann Bartell sobre o acidente. Ela nem sequer olhou para o moço que ali estava deitado, assolado naquele passeio da rua, e bateu a porta voltando ao seu tanque-de-lavagem. O tempo passou. A dada altura chuviscou, e Emil Gluck, despertado do seu desmaio, soluçava o seu choro à chuva. A perna devia ter sido endireitada na hora, assim como estava, a inflamação aumentou rapidamente e fez daquilo um caso muito desagradável. Ao fim de duas horas, uma mulher indignada da vizinhança protestou com Ann Bartell. Desta vez ela veio e olhou para o rapaz, dando-lhe um pontapé no lado enquanto ele se prostrava indefeso aos seus pés, tendo ela histericamente tratado de se desfazer dele. "Ele não é meu filho!", disse ela, recomendando que uma ambulância fosse chamada para o levar para a cidade afim de ser hospitalizado. Voltando depois para dentro de casa indiferente à situação crítica do pequeno Emil.

Foi uma mulher, Elizabeth Shopstone, quem veio em seu auxílio, tomando conta da situação, e quem colocou o menino num parapeito de uma janela. Foi ela quem chamou o médico, e quem, ignorando Ann Bartell, o levou para dentro de casa. Quando o médico chegou, Ann Bartell prontamente avisou que não seria ela a pagar pelos seus serviços. Por dois meses o pequeno Emil ficou de cama, durante o primeiro mês sempre deitado de costas sem ser virado uma única vez; e sendo deixado sozinho e negligenciado, salvo as ocasionais visitas não remuneradas do atarefado médico. Ele não tinha brinquedos, nada com que entreter as longas e tediosas horas. Durante esse período, nenhuma palavra terna lhe foi dita, nenhuma mão tranquilizante pousou sobre as suas sobrancelhas, nem um único toque ou ato de carinho – que não fossem as reprimendas e a crueldade de Ann Bartell enquanto lhe reiterava que ele não era ali pretendido. E pode-se entender facilmente, em tal ambiente, como aquele gerado no solitário e negligenciado menino, muita da mágoa e hostilidade para com a sua espécie, daí advinha, e não espanta que mais tarde se tenha vindo a expressar em feitos tão assustadores como o de aterrorizar o mundo.

Até pode parecer estranho que, das mãos de Ann Bartell, o jovem Emil Gluck tenha recebido uma educação universitária; mas a explicação é simples. O seu marido, que era um zé-ninguém, desertandoa, alcançou o êxito nos campos de ouro do Nevada, e voltou para ela multimilionário. Ann Bartell detestava o miúdo, imediatamente ela enviou-o para a Academia de Farristown, a cem milhas de distância. Tímido e sensível, uma solitária e incompreendida pequena alma, estava então mais sozinho que nunca em Farristown. Ele nunca voltou para casa, nem de férias, nem nos feriados, como faziam os outros rapazes. Em vez disso, ele vagueava pelos prédios e pátios desertos, criando laços de amizade e sendo incompreendido pelos serventes e jardineiros, lendo imenso, é lembrado, passando os seus dias nos campos, ou diante da lareira com o seu nariz sempre enfiado nas páginas de um livro qualquer. Foi nessa altura que ele desgastou os seus olhos e foi compelido a aceitar o uso de óculos, os mesmos que eram tão proeminentes nas fotos que ele publicava nos jornais de 1941.

Emil havia sido um estudante brilhante. Uma aplicação como a dele levá-lo-ia bem longe, mas ele não precisava de ser aplicado. Um simples olhar para um texto significava mestria para ele. O resultado foi que ele fez uma imensa quantidade de leituras colaterais e adquiriu mais em meio ano do que um aluno comum faz em meia dúzia de anos.

Em 1909, com catorze anos acabados de fazer, ele estava pronto – "mais que pronto" disse o reitor – para entrar em Yale ou Harvard. A sua juvenilidade impediu-o de entrar nessas universidades, e, portanto, em 1909, encontrámo-lo como caloiro na histórica Bowdoin College. Em 1913 ele graduou-se com as mais altas honras, e imediatamente a seguir acompanhou o Professor Bradlough para Berkeley, Califórnia. O único amigo que Emil Gluck teve na sua vida foi o Professor Bradlough. Os frágeis pulmões deste último tinham-no levado a mudar-se do Maine para a Califórnia, sendo a permuta facilitada pela oferta de lugar como catedrático na Universidade Estadual. Ao longo do ano de 1914, Emil Gluck residiu em Berkeley, o que o levou a cursos científicos especiais. Pelo fim do ano, duas mortes alteraram as suas perspetivas e relações com a vida. A morte do Professor Bradlough levou-lhe o único amigo que ele alguma vez tinha conhecido, e a morte de Ann Bartell deixou-o sem um tostão. Odiando o pobre rapaz até à última, ela deixou-lhe uns míseros cem dólares.

No ano seguinte, aos vinte anos de idade, Emil Gluck foi admitido como instrutor de química na Universidade da Califórnia. Aqui os anos passaram-se calmamente; ele cumpriu fielmente com o trabalho duro que lhe trazia o seu salário, e, sempre estudante, tirou meia-dúzia de diplomas. Ele era, entre outras coisas, Professor de Sociologia, de Filosofia, e de Ciência, embora fosse conhecido pelo mundo, nos anos mais tarde, somente como Professor Gluck.

Tinha o futuro génio vinte e sete anos quando a sua proeminência saltou para os jornais através da publicação do seu livro, SEXO E PROGRESSO. O livro permanece um marco na história e filosofia do casamento. Uma pedra tumular de mais de setecentas páginas, dolorosamente cuidadas e assertivas, e surpreendentemente originais. Era um livro para cientistas, e nem uma vez calculado para fazer uma provocação. Mas Gluck, no seu último capítulo, usando somente três linhas para o efeito, mencionou ao de leve a hipotética desejabilidade dos casamentos à experiência. Imediatamente os jornais salientaram estas três linhas, "ponham-nas a fluorescente", como se dizia na gíria desse tempo, e puseram o mundo inteiro a rir-se de Emil Gluck, o jovem professor caixa-de-óculos de vinte-e-sete anos. Os fotógrafos não o largavam, ele era rodeado pelos jornalistas, associações feministas de todo o lado aprovaram resoluções condenando-o e às suas teorias imorais; e no solo da Assembleia da Califórnia, enquanto se discutia a apropriação da Universidade pelo Estado, uma moção exigindo a expulsão de Gluck foi feita perante a ameaça de refrear a apropriação – claro, nenhum dos acusadores tinha lido o livro; a versão distorcida dos jornais de apenas três linhas era o suficiente para eles. Aqui começou o ódio de Emil Gluck pelos homens dos jornais. Por essa altura o seu trabalho árduo e intrinsecamente valioso de seis anos tinha sido transformado num motivo de troça e numa notoriedade. Até ao dia da sua morte, e para seu eterno arrependimento, ele nunca os perdoou.

Foram os jornais os responsáveis pelo desastre seguinte que o assolou. Nos cinco anos seguintes da publicação do seu livro ele permaneceu silencioso, e silêncio para um homem solitário nada pode anunciar de bom. É possível conjeturar compaixonadamente a horrível solidão de Emil Gluck nessa populosa Universidade; pois ele estava sem amigos e sem compaixão. O seu único recurso eram livros, e ele continuou a ler e a estudar imensamente. Foi então, no ano de 1927, que ele aceitou um convite para comparecer perante a Sociedade de Interesse

Humano de Emeryville (Human Interest Society). Ele não teve a autoconfiança necessária para falar, e ao mesmo tempo que escrevemos temos perante nós a cópia do seu trabalho. Podemos descrevê-lo como sendo sóbrio, académico, e científico, e, deve ser também acrescentado, conservador. Mas num aspeto ele lidou com isso, e cito as suas palavras, "a revolução industrial e social que está a decorrer na sociedade". Um jornalista presente enfatizou a palavra "revolução", retirou-a do contexto, e escreveu uma consideração truncada que fez com que Emil Gluck parecesse um anarquista. De imediato, "Professor Gluck, Anarquista!", deu lume aos fios do telégrafo e foi convenientemente "destaque" em todos as capas de jornais do país.

Ele tinha tentado responder ao anterior ataque dos jornais, mas desta vez ele permaneceu em silêncio. O ressentimento já lhe havia corroído a alma. A competência universitária apelava a que ele se defendesse, mas ele declinou solenemente, recusando-se mesmo a dispor uma cópia do seu documento para se salvar da expulsão. Ele recusou demitir-se, e foi despojado da competência universitária. Deve ser acrescentado que havia sido colocada pressão política sobre os regentes universitários e sobre o reitor.

Perseguido, caluniado, e mal-interpretado, aquele homem desesperado e solitário não fez qualquer tentativa de retaliação. Por toda a sua vida ele tinha sofrido os pecados dos outros, e em toda a sua vida não havia pecado contra ninguém. Mas ao seu copo de amargura ainda faltava a gota que o faria transbordar. Tendo perdido a sua posição, e estando sem quaisquer rendimentos, ele precisava de arranjar trabalho. O primeiro lugar que ocupou foi na Union Iron Works, em S. Francisco, onde ele provou ser um desenhista extremamente capaz. Foi aqui que ele adquiriu o seu conhecimento em primeira-mão sobre navios de guerra e sua construção. Mas os jornalistas descobriram-no e destacaram a sua nova vocação. Ele demitiu-se imediatamente e conseguiu outro cargo; mas depois dos jornalistas o terem afastado de meia-dúzia de cargos, virou-se para o aço de modo a se livrar da perseguição dos jornais. Isto ocorreu quando ele começou a sua empresa de galvanização – em Oakland, na Telegraph Avenue. Era uma pequena usina, empregando três homens e dois rapazes. O próprio Gluck trabalhava longas horas. Noite após noite, como testemunhou o agente Carew da Polícia em tribunal. Ele não saia da usina antes da uma ou duas da manhã. Foi durante esse período que ele aperfeiçoou o dispositivo de ignição aumentada para motores a gasolina, os direitos autorais da patente que em última análise o enriqueceram.

Ele iniciou o seu estabelecimento de galvanização no princípio da Primavera de 1928, e foi nesse mesmo ano que ele desenvolveu a sua afeição amorosa por Irene Tackley. Não se esperaria outra coisa de uma criatura extraordinária como Emil Gluck que não fosse a de ser um amante extraordinário. Em adição ao seu génio, a sua solidão, a sua morbidez, deve ser também levado em consideração que ele nada sabia sobre mulheres. Quais fossem as ondas de desejo que inundassem o seu ser, ele era iletrado na expressão convencional delas; enquanto a sua excessiva timidez poderia prever uma forma inusitada de fazer amor. Irene Tackley era uma jovem mulher bastante bonita, mas fútil e insensata. No tempo em que trabalhava numa pequena loja de doces do outro lado da rua onde Gluck mantinha a sua usina. Ele costumava entrar para beber sodas com gelado e limonadas, ficava especado a olhá-la. A rapariga não parecia importar-se com ele, meramente se divertia com ele. Dizia ela que ele era "estranho"; e numa outra ocasião ela chamou-lhe mesmo "excêntrico" quando descrevia como ele se sentava junto à registadora ancorando a olhar para si através das suas lunetas, corando e gaguejando quando ela dava conta dele, para depois abandonar a loja em precipitada confusão.

Gluck oferecia-lhe os mais impressionantes presentes – um serviço de chá em prata, um anel de diamantes, um conjunto de peles, óculos para a ópera, uma pesada História Universal em muitos volumes, e uma mota toda platinada na sua própria usina. Só que nessa altura apareceu o namorado da rapariga, batendo o pé à situação e demonstrando uma enorme raiva, compeliu Irene a devolver a série de presentes de Gluck. Este homem, William Sherbourne, uma grosseira e néscia criatura, um homem com uma grande queixada da classe trabalhadora que se havia tornado um empreiteiro de sucesso numa pequena escala. Gluck não compreendeu. Ele tentou obter uma explicação, tentando falar com a rapariga quando ela ia para casa à noite depois do trabalho. Ela queixou-se a Sherbourne, e numa noite seguinte ele deu uma carga de porrada a Gluck. Foi uma tareia muito pesada, podemos comprová-lo, pois está nos registos do Red Cross Emergency Hospital que Gluck foi lá tratado nessa noite e teve de permanecer hospitalizado por uma semana.

Ainda assim Gluck não compreendia e continuou a procurar uma explicação da rapariga. Com medo de Sherbourne, ele requereu uma licença ao Chefe da Polícia para poder andar de revólver, essa licença foi-lhe recusada, os jornais, como de costume, fizeram logo os seus cabeçalhos sensacionalistas. Depois veio o caso do homicídio de Irene Tackley, seis dias em antes do seu casamento agendado com Sherbourne. Foi num sábado à noite. Ela tinha trabalhado até tarde na loja de doces, saindo depois das onze horas da noite com o seu salário semanal na sua carteira. Apanhou um elétrico em San Pablo Avenue até à Trigésima-Quarta Avenida, onde desembarcou e andou três quarteirões até à sua casa. Essa foi a última vez que foi vista com vida. Na manhã seguinte ela foi encontrada, estrangulada, num terreno baldio.

Emil Gluck foi imediatamente preso. Nada que ele fizesse o poderia salvar. Foi condenado, não só meramente com provas circunstanciais, mas com base em provas nitidamente cozinhadas pela Polícia de Oakland. Indiscutivelmente existia uma grande quantidade de provas que tinham sido contraproduzidas. O testemunho do Capitão Shehan foi do mais absoluto perjúrio, sendo provado muito mais tarde que na noite em questão ele nem havia estado nas proximidades do homicídio, mas que além disso ele tinha também estado fora da cidade num *resort* em San Leandro Road. O desafortunado Gluck foi condenado a prisão perpétua em San Quentin, entretanto os jornais e o público mantinham que isso era um erro judiciário – que ele devia antes ter sido condenado à pena de morte.

Gluck entrou na prisão de San Quentin em 17 de abril de 1929. Tinha então os seus trinta e quatro anos de idade. Durante três anos e meio, passou a maior parte do tempo no calabouço de isolamento, deixado à meditação sobre a injustiça do Homem. Foi durante esse período que o seu azedume o corroeu por dentro tornando-o um misantropo. Ele fez três outras coisas durante esse período de reclusão extraordinário, escreveu o seu famoso tratado, MORAIS HUMANAS; a sua notável brochura O CRIMINOSO SÃO, e conseguiu também montar o seu terrível e monstruoso esquema de vingança.

Foi um episódio ocorrido dentro da sua usina de eletrogalvanização que lhe sugeriu a sua incomparável arma de vingança. Como declarado na sua confissão, ele trabalhou cada detalhe teórico enquanto esteve detido, e foi capaz, na sua libertação, de iniciar imediatamente a sua carreira de vingança.

A sua libertação foi um evento sensacional. Mas foi ainda miseravelmente e criminosamente atrasada pela desalmada burocracia que imperava na época. Na noite de 1 de fevereiro de 1932, Tim Haswell, um assaltante, foi atingido por um tiro durante uma tentativa falhada de roubo a um cidadão de Piedmont Heights. Tim Haswell, moribundo, permaneceu em interrogatório durante três dias, tempo durante o qual ele não só confessou o homicídio de Irene Tackley, como também forneceu provas conclusivas do mesmo. Bert Danniker, um condenado a morrer de consumação na Prisão de Folsom, foi implicado como acessório, e seguiu-se a sua confissão. É inconcebível para nós de hoje — a fraude, o processo moroso da justiça de há uma geração atrás. Foi em fevereiro que Emil Gluck viu provada a sua inocência, ainda assim só foi libertado no seguinte mês de outubro. Por oito meses, um homem completamente injustiçado, foi obrigado a levar com o seu castigo imerecido. Isto não era conducente à doçura e luminosidade, e podemos bem imaginar como ele comeu a sua própria alma à custa do azedume durante aqueles oito meses sombrios.

Ele voltou às bocas do mundo no outono de 1932, como sempre um cabeçalho de "destaque" em todos os jornais, que, em vez de expressar um sentido arrependimento, continuou a sua velha perseguição sensacionalista. Houve um jornal que fez ainda mais – o San Francisco Intelligencer. John Hartwell, o seu editor, elaborou uma teoria engenhosa que andava à volta de confissões dos dois criminosos que provariam que Gluck era o responsável, afinal de contas, pelo homicídio de Irene Tackley. Hartwell morreu. E Sherbourne também morreu, enquanto o agente Philipps foi atingido com um tiro numa perna e dispensado da Polícia de Oakland.

O homicídio de Hartwell foi durante muito tempo um mistério. Ele estava sozinho no seu escritório na altura. Os disparos do revólver foram ouvidos pelo secretário, que entrou a correr para encontrar Hartwell esvaindo-se em sangue na sua cadeira.

O que confundiu a polícia foi o facto, não só de ele ter sido atingido pelo seu próprio revólver, mas por o revólver ter disparado através de uma das gavetas da sua secretária. As balas tinham saído pela frente da gaveta diretamente ao seu corpo. A polícia especulou a hipótese de suicídio, a de homicídio foi rejeitada e considerada absurda, e a culpa foi endereçada para a Eureka Smokeless Cartridge Company. Explosão espontânea foi a explicação da polícia para o sucedido, e os responsáveis químicos da companhia de cartuchos foram intimados no inquérito. Mas o que a polícia não sabia era que do outro lado da rua, no Mercer Building, Quarto 633, alugado por Emil Gluck, foi ocupado por Gluck no preciso momento em que o revólver de Hartwell tão misteriosamente explodiu.

Ao mesmo tempo, nenhuma ligação foi feita entre a morte de Hartwell e a morte de William Sherbourne. Esse tinha continuado a viver na casa que ele tinha construído para Irene Tackley, e, numa manhã de janeiro de 1933, ele foi encontrado morto. "Suicídio" foi o veredicto do inquérito do legista, pois ele havia sido morto por um disparo do seu próprio revólver. O curioso e intrigante é que o que aconteceu nessa mesma noite foi o assassinato do agente Phillips no passeio em frente à casa de Sherbourn. O polícia arrastou-se a um telefone policial na esquina da rua, e chamou por uma ambulância. Ele reclamava que alguém o tinha atingido pelas costas numa perna. A perna em questão, estava tão maltratada por três balas de calibre 38 que foi necessária a amputação. Mas quando a polícia descobriu que o estrago havia sido feito pelo seu próprio revólver, deu-se uma grande gargalhada e ele foi acusado de ter estado a beber. Apesar da sua recusa em admitir ter tocado numa gota de álcool que fosse, e da sua insistência e asserção de que o revólver tinha estado sempre no bolso do seu cinto, e reclamando não ter tocado com um dedo nele, foi dispensado das forças policiais. A confissão de Emil Gluck, seis anos mais tarde, limpou a desgraça do infeliz polícia, mas ele está vivo hoje e de boa saúde, recetor de uma bela pensão garantida pelo município local.

Emil Gluck, tendo-se desfeito dos seus inimigos mais próximos, semeava agora um campo mais largo, ainda que com a sua inimizade para com jornalistas e polícias se mantivesse sempre ativa. Os dividendos do seu dispositivo de ignição para motores a gasolina, tinham-se acumulado enquanto ele esteve aprisionado, e ano a ano a capacidade lucrativa desses proventos aumentou. Ele era independente, capaz de viajar para onde quisesse no planeta Terra e espalhar em abundância o seu monstruoso apetite pela vingança. Ele havia-se tornado um monomaníaco e um anarquista – não um anarquista filosófico, meramente, mas um anarquista violento. Talvez a palavra esteja mal aplicada, e ele seja melhor descrito como um niilista, ou um aniilista. É sabido que ele nunca se afiliou a nenhum grupo terrorista. Ele operava totalmente sozinho, mas espalhou mil vezes mais terror e atingiu mil vezes mais destruição do que todos os grupos terroristas em conjunto.

Gluck assinalou a sua partida para a Califórnia explodindo com o porto de embarque de Fort Mason. Na sua confissão ele falou dela como uma pequena experiência – estava meramente a experimentar a sua mão-de-jogo. Por oito anos ele deambulou pela Terra, um terror misterioso, destruindo propriedade na ordem dos bilhões de dólares, e destruindo inumeráveis vidas. Um bom resultado dos seus horríveis feitos foi a destruição que ele protagonizou entre os próprios terroristas. Cada vez que ele fazia alguma coisa, os terroristas dos arredores eram capturados por um arrastão da polícia. Só em Roma foram executados dezassete, em consequência do assassinato do Rei de Itália.

Talvez o mais espantoso dos acontecimentos a admirar o mundo tenha sido o regicídio do Rei e da Rainha de Portugal. Era o dia de casamento deles. Todas as possíveis precauções contraterroristas haviam sido tomadas, e o caminho desde a catedral até as ruas de Lisboa, era em dupla fileira, enquanto uma esquadra de duzentos oficiais de cavalaria cercava a carruagem. De repente, deu-se o surpreendente evento. As espingardas automáticas dos militares começaram a disparar, bem como as outras espingardas, mesmo ali junto à dupla fileira de infantaria. Na excitação, as pontas das espingardas foram viradas em todas as direções. A chacina foi terrível – cavalos, tropas, espetadores, e o Rei e a Rainha, ficaram repletos de balas. Para complicar o caso, em diferentes partes da multidão atrás dos soldados a pé, dois terroristas explodiram-se a eles próprios. Estas bombas que eles tinham intenção de acionar se tivessem a oportunidade. Mas quem poderia adivinhar isto? Este assustador caos forjado pelo rebentamento das bombas somente acrescentou à confusão, foi considerado parte do ataque em geral.

Algo que os continuava a confundir, e a que não conseguiam dar explicação, era a conduta das tropas com as suas espingardas. Parecia impossível que eles fizessem parte do golpe, no entanto eram às centenas os que as suas balas voadoras haviam chacinado, incluindo o Rei e a Rainha. Por outro lado, o mais desconcertante era o facto de que setenta por cento das próprias tropas tinham sido mortas ou feridas. Alguns explicavam isto no terreno, dizendo que os leais soldados rasos, ao assistir ao ataque à carruagem real, tinham aberto fogo contra os traidores. Ainda assim nem uma migalha de prova para confirmar que isto podia ter sido feito pelos sobreviventes, apesar de alguns terem sido torturados. Eles reclamavam teimosamente que não haviam disparado as suas espingardas de maneira nenhuma, mas que as espingardas se tinham elas próprias disparado. Os químicos riram-se na cara deles, defendiam que, enquanto era remotamente provável que um único pequeno cartucho, carregado com a pólvora sem fumo, pudesse explodir espontaneamente, estava para além de todas as probabilidades e possibilidades que todos os cartuchos numa área reduzida, assim carregados, explodissem espontaneamente. E assim, no fim de todas as mirabolantes especulações, nenhuma explicação do estranho sucedido foi alcançada. A opinião pública do resto do mundo era de que todo o caso era um pânico cego dos fervorosos latinos, precipitado, era verdade, pela explosão das duas bombas terroristas; e nesta ligação foi relembrado o risível confronto de muitos anos em antes entre a frota russa e os barcos de pesca ingleses.

Então Emil Gluck troçou e continuou a trilhar o seu caminho. Ele sabia. Mas como poderia saber o mundo? Ele havia tropeçado no segredo aquando na sua usina de galvanização em Telegraph Avenue na cidade de Oakland. Aconteceu, nessa altura, que a estação de telégrafo sem fios se havia estabelecido junto à Thurston Power Company perto da sua usina. Em pouco tempo a sua cuba de galvanização avariou. A cablagem da cuba tinha muitas ligações estragadas, e, na investigação, Gluck descobriu ínfimas soldas nas ligações da cablagem. Estas, diminuindo a resistência, tinham causado a passagem de uma sobrecarga de corrente, "fervendo" e estragando o trabalho. Mas o que causou as soldas? — era a questão na mente de Gluck. A sua análise era simples. Antes da estação sem fios se estabelecer ali perto, a cuba tinha vindo a trabalhar bem. Apenas quando foi montada a estação sem fios é que a cuba se estragou. Por isso a estação sem fios teria que ser a causa. Mas como? Ele rapidamente respondeu a essa questão. Se uma descarga elétrica era capaz de operar um coesor a três mil milhas de oceano, então, certamente, as descargas elétricas da estação sem fios a quatrocentos pés de distância podiam produzir efeitos coesores nas más ligações da cablagem da cuba.

Gluck não voltou a pensar nisso na altura. Ele simplesmente voltou a refazer as ligações da sua cuba e continuou as suas galvanizações. Mas mais tarde, na prisão, ele lembrou-se do incidente, e, como num *flash*, lá veio à sua mente o total significado daquilo. Ele visionou em silêncio, a arma secreta com a qual se viria a vingar do mundo. A sua grande descoberta, que morreu com ele, era o controle sobre a direção e extensão da descarga elétrica. Naquela época, isto era o problema por resolver da telegrafia sem fios – como ainda o é hoje – mas Emil Gluck, na sua cela de prisão, encontrou a solução. E, quando foi solto, aplicou-a. Era bastante simples, dado o poder direcional que lhe pertencia, ele podia provocar uma faísca nos paióis de um forte, um couraçado, ou um revólver. E não só ele podia explodir pólvora à distância, mas também podia detonar conflagrações. O grande incêndio de Boston foi iniciado por ele – quase por acaso, no entanto, como ele declarou na sua confissão, acrescentar isso era um agradável acidente e que ele nunca havia tido qualquer razão para se arrepender dele.

Foi Emil Gluck quem causou a terrível guerra Germano-Americana, com a perda de 800,000 vidas, e a consumição de um tesouro quase incalculável. Será lembrado que em 1939, por causa do incidente de Pickard, existiam relações tensas entre os dois países. A Alemanha, embora lesada, não estava ansiosa por guerra, e, como uma prova de paz, enviou o Crown Prince e sete couraçados de guerra para uma visita amigável aos Estados Unidos. Na noite de 15 de fevereiro, os setes navios de guerra permaneciam ancorados no Rio Hudson do lado oposto à cidade de Nova Iorque. E nessa mesma noite Emil Gluck, sozinho, com todo o seu aparato a bordo, estava lá numa lancha. Essa lancha, ficaria mais tarde provado, havia sido comprada por ele à Ross Turner Company, enquanto o aparato de ataque que ele usou nessa noite havia sido adquirido à Columbia Electric Works. Mas não havia conhecimento disso na altura. Tudo o que se sabia é que os sete navios de guerra tinham ido pelos ares, um atrás do outro, com intervalos regulares de quatro minutos. Noventa por cento dos tripulantes e oficiais, junto com o Crown Prince, desapareceram. Muitos anos em antes, o navio de guerra americano Maine tinha explodido no porto de La Habana, e a guerra com Espanha seguiu-se imediatamente — apesar de sempre ter permanecido a dúvida de a explosão ter sido derivada de conspiração ou acidente. Mas, acidente, não poderia explicar o rebentamento de sete couraçados no Rio Hudson com intervalos de quatro minutos. A Alemanha acreditava que isso tinha sido feito através de um submarino, e imediatamente declarou guerra. Passariam seis meses da confissão de Gluck, até a Alemanha devolver as Filipinas e o Havai aos Estados Unidos.

Nesse entretanto, Emil Gluck, o malévolo e arquiodioso feiticeiro, traçou o seu caminho em turbilhão e destruição. Sem nunca deixar a menor das pistas. Cientificamente avançado, ele sabia sempre fazer a limpeza de eventuais provas da sua ação pelas suas próprias mãos. O seu método era alugar um quarto ou uma casa, e instalava o seu aparato secretamente – qual aparato, a propósito, ele aperfeiçoou-o de tal maneira que ocupava apenas um pequeno espaço. Depois de ter cumprido com o seu propósito, removia o reduzido aparato cuidadosamente. Ele fazia jus a viver uma vida longa de crime hediondo.

A epidemia do tiroteio com os polícias da cidade de Nova Iorque foi um feito notável. Tornou-se um dos horríficos mistérios daquele tempo. Em duas breves semanas mais de cem polícias foram atingidos nas pernas pelos seus próprios revólveres. O Inspetor Jones não resolveu o mistério, mas foi a sua ideia que ultrapassou a inteligência de Gluck. Por sua recomendação, os polícias deixaram de transportar revólveres, e não aconteceram mais disparos acidentais.

Era o princípio da Primavera de 1940 quando Gluck destruiu o estaleiro de Mare Island. De um quarto em Vallejo, ele enviou as suas descargas magnéticas pelos estreitos de Vallejo até Mare Island. Primeiro apontou os seus feixes ao Couraçado Maryland. Estava ancorado na doca de um dos paióis. Na sua quilha, em cima de uma plataforma temporária de madeiras, encontravam-se dispostas mais de cem minas. Isto eram minas para a defesa do Golden Gate. Qualquer uma daquelas minas era capaz de destruir uma dúzia de couraçados, e estavam lá mais de cem minas. A destruição foi fantástica, mas foi somente o prelúdio de Gluck. Ele apontou os seus feixes à costa de Mare Island, explodindo cinco barcos torpedeiros, a estação de torpedos, e o grande paiol do extremo este da ilha. Voltando novamente para o lado oeste, e atingindo ocasionalmente paióis isolados nas zonas elevadas afastadas da costa, ele rebentou três cruzadores e os couraçados Oregon, Delaware, New Hampshire, e Florida – o último tinha acabado de chegar a doca-seca, e a magnífica doca-seca foi destruída em conjunto com ele.

Foi uma catástrofe assustadora, e um arrepio de horror passou pela Terra. Mas era nada comparado com o que viria a seguir. No fim do Outono desse ano Emil Gluck fez uma limpeza no litoral atlântico do Maine até à Florida. Nada escapou. Fortes, minas, defesas costeiras de todos os géneros, estações torpedeiras, paióis – tudo foi pelos ares. Três meses mais tarde, em meados do Inverno, bateu a costa-norte do Mediterrâneo, de Gibraltar até à

Grécia, da mesma forma estupidificante. Um lamento alvoroçou as nações. Estava claro que o agenciamento humano estava por detrás de toda aquela destruição, e estava igualmente claro, apesar da imparcialidade de Emil Gluck, que a destruição não era obra de nenhuma nação em particular. Uma coisa estava patente, nomeadamente, que quem quer que fosse o humano por detrás de tudo aquilo, que os humanos eram uma ameaça para o mundo. Nenhuma nação estava a salvo. Não havia qualquer defesa contra aquele desconhecido e todo-poderoso inimigo. A Guerra era fútil – mais, não meramente fútil como a própria essência do perigo. Por uns doze meses os fabricantes de pólvora cessaram a sua atividade, e todos os soldados e marinheiros foram retirados de todas as fortificações e todas as embarcações de guerra. E até mesmo um desarmamento mundial foi seriamente considerado na Sociedade das Nações, localizada em Haia na altura.

E então Silas Bannerman, um agente dos serviços secretos dos Estados-Unidos, saltou para a fama mundial por prender Emil Gluck. Primeiro tinham-se rido de Bannerman, mas ele tinha preparado bem o seu caso, e em poucas semanas os mais céticos estavam convencidos da culpa de Emil Gluck. O único detalhe, no entanto, que Silas Bannerman nunca teve sucesso em explicar, até para sua própria satisfação, foi como é que ele chegou à ligação de Gluck com aqueles crimes trucidantes. É verdade, Bannerman estava em Vallejo, em assuntos secretos do Governo, na altura da destruição do Mare Island; e é verdade que nas ruas de Vallejo lhe haviam apontado Emil Gluck como sendo um estranho génio, mas não reteve qualquer impressão dele na época. Foi só mais tarde, quando de férias nas Rocky Mountains e quando lia os primeiros relatórios sobre a destruição ao largo da costa atlântica, que subitamente Bannerman pensou em Emil Gluck. E naquele instante veio-lhe à cabeça a relação entre Gluck e a destruição. Era apenas uma hipótese, mas era suficiente. A grande virtude era a conceção da hipótese, em si mesma um ato cerebral inconsciente — uma coisa tão indescritível como a luz flamejante, por exemplo, que atingiu a mente de Newton com a Teoria da Gravidade.

O resto foi fácil. Onde estava Gluck à hora da destruição ao largo do Oceano Atlântico? Era a questão formulada na cabeça de Bannerman. A seu próprio pedido ele foi colocado no caso. Num breve instante ele apurou que Gluck havia estado na costa atlântica nos fins do Outono de 1940. Conseguiu também apurar que ele havia estado em Nova Iorque durante a epidemia de assassinatos de agentes da polícia. Onde estaria Gluck agora? Seria o próprio Bannerman o próximo alvo? E, como que em resposta, veio a destruição maciça ao largo do Mediterrâneo. Gluck havia zarpado para a Europa uns meses antes – Bannerman sabia disso. Não foi necessário Bannerman ir à Europa. Através de mensagens por telégrafo e da cooperação com os serviços secretos Europeus, ele seguiu no encalço de Gluck ao longo do Mediterrâneo e descobriu que em cada momento coincidia com o rebentamento de defesas costeiras e navios. Além disso, ele descobriu que Gluck tinha embarcado no Green Star Liner Plutonic para os Estados Unidos.

O caso estava concluído na mente perspicaz de Bannerman, apesar de nos intervalos da espera ele ter apurado os detalhes. Foi assistido nisto por George Brown, um operador empregado pela Wood's System of Wireless Telegraphy. Quando o cruzeiro Plutonic chegou a Sandy Hook foi abordado por Bannerman através de um rebocador do Governo, e Emil Gluck foi feito prisioneiro. O julgamento e a confissão seguiram-se. Na confissão, Gluck professou arrependimento de apenas uma coisa, nomeadamente, que lhe tinha levado o seu tempo. Como ele disse, "tivera sonhado que viria a ser descoberto e teria trabalhado mais rapidamente e conseguido mil vezes mais destruição do que a que alcançada". O seu segredo morreu com ele, apesar de se saber hoje que o Governo Francês conseguiu ter acesso a Gluck tendo-lhe oferecido um bilião de francos pela sua invenção, com a qual conseguia apontar e confinar estreitamente as indagadas descargas elétricas. "O quê?" foi a resposta de Gluck — "vender-vos o que vos permitiria escravizar e maltratar a Humanidade sofredora?". E apesar de os departamentos de defesa das nações terem continuado as suas experiências em laboratórios secretos, até este momento, eles fracassaram em clarificar a menor das pistas do segredo. Emil Gluck foi executado em 4 de dezembro de 1941, e assim morreu, com a idade de quarenta e seis anos, um dos génios mais desafortunados do mundo, um homem de tremendo intelecto, mas cujos tremendos poderes, em vez de se virarem para o Bem, eram tão distorcidos e corrompidos que ele se tornara o mais notável dos criminosos.

BANG

SOBRE O AUTOR

John Griffith Chaney, nascido em São Francisco, no 12 de janeiro de 1876 na Califórnia, morreu a 22 de novembro de 1916 no seu Beauty Ranch. Autor, jornalista e ativista social norte-americano com referências marxistas, pioneiro e grande aventureiro na sua era, fez então parte do novo mundo das revistas comerciais de ficção, tendo sido um dos primeiros romancistas a obter celebridade mundial através das suas histórias, além de uma grande fortuna. Jack London (seu pseudônimo), é um dos mais importantes marcos da literatura norte-americana do fim do século XIX, princípio do século XX. Escreveu centenas de contos, entre eles alguns visionários e magistrais que marcaram os caminhos da literatura ocidental.

TÍTULOS DA COLEÇÃO
DEZ MARAVILHAS DE JACK LONDON

PUBLICADOS

Emil Gluck: O Pior Inimigo do Mundo
Vol. I (3ª Edição)
Jack London
Tradução: Philipe Pharo da Costa

Uma Invasão Sem Precedentes
Ou: A Guerra de Jacobus Laningdale
Vol. II
Jack London
Tradução: Philipe Pharo da Costa

O Conto das Mil Mortes
Ou: O Navio da Tortura
Vol. III
Jack London
Tradução: Philipe Pharo da Costa

O Pagão
Vol. IV
Jack London
Tradução: Philipe Pharo da Costa

A PUBLICAR BREVEMENTE

O Vermelho
Vol. V
Jack London
Tradução: Philipe Pharo da Costa

OUTROS TÍTULOS
PUBLICADOS PELA CONTRAATIRCSE

Livro dos Poemas de Fruto Proibido
do Doutor Armando do Sal
e Outros Textos Neoexperimentais
Philipe Pharo da Costa

As Meias do Poeta Victor Nuno de Menezes
e Outros Fragmentos Físico-Teóricos
Philipe Pharo da Costa

Me And The World: Poetry and Fragments (2ª Edição)
(Bilingual Edition Portuguese-English)
Philipe Pharo da Costa

De Moi Vers Le Monde
(Édition Bilingue Portugais-Français)
Philipe Pharo da Costa
Tradução: Johanna Sciamma

Este Aparelho Deve Ser Instalado
Por Pessoas Competentes
(Primeiro Manual)
Philipe Pharo da Costa

O Gato Preto
(Série Grandes Autores)
Edgar Allan Poe
Tradução: Philipe Pharo da Costa

A PUBLICAR BREVEMENTE

O Carregador Zarolho
(Série Grandes Autores)
Voltaire